星間通信

細見劉一
Hosomi Ryuichi

幻冬舎MC

目次

・ーー・　・ー　・ー・・　・ー・ー・

・ーー・　・・ー　ーー・ー・　・ー・ー・

星間通信

僕ノ現在トハ

彼女ハ
雨期ノ豊穣ヲ
持チ去ッテシマッタ

現在トハ
僕ノ言語デ
翻訳シテミルト
乾期ダナ

短イ地平線ヲ歩イテイク女
小サナ飛行機ノ残骸ガ
色ノ剥ゲタドラム缶ト共ニ散乱シテイル
光ノ惨劇トシテ

水ヲ
製造シテイル
僕

沙漠ガ青イ沙漠ノ歌ヲ歌ッテイル
沙漠ガ地平線ヲ食ベテイル
沙漠ガ砂時計ニナッテイル

暗黒星雲

僕とは
暗黒物質
――――
生成するガス状星雲
です

おそらく
僕のやることとは
未来をうらがえしてしまう

そんな試算しか出てこないものです
音のない幻想交響曲を
作るようなものでしょう

天秤座の星を一つ
入れ替えるようなものですね
むろん
そんなことは
なにもやらないこととかかわりません
夜ぞらにとっては

（こいつは
だれ？）

しかし
みえないものを視てしまうのが
私どもの業です

これから
あなたが
夥しい熱量で
試みようとしているものとは
報われることのない「永劫への投資」と
私どもが密かに呼んでいるものです

暗黒エナジー
←→
ゼロ次元の永久運動
←→
ブラックホール

こんなものしか
視えないのです

むろん
これは
人間の試行というものの
宇宙軸上に結んだ
虚像を示したものに
過ぎませんが

暗黒星雲
―――
0

マゼラン星雲

１つ
２つ
３つ
と
星が
盗まれていく

１人の
大男が

まっくらな航海を終え
星を無数
ポケットに突っ込んで
陸に上がって行った

しづかにねむれ

サティの曲を聴いていると
よくねむれるね
あれって
ぶらっくほーるを
くろいピアノで弾いているんだね
いや
ぶらっくほーるが
なにやら音を奏でているんだ

ねむれ
どこにも到達しえない
さまよえる宇宙船よ
ねむれ
わいざつなるわれらが不夜城よ
くろぐろと楽譜がながれる
とつぜん
休止した
暗黒裁判だね
悪玉コレステロールがたっぷり詰まった
おまえを裁くのは
取りやめだ

ねむれ
おそろしい未来の瞬間を
ふと見てしまった
こどくな予測士であるおまえよ
電子手帳をオフにして
しづかにねむれ

やはり
ぶらっくほーるだ
あのサティの音楽は
よくねむれるね

日常

音階の紊れた
永遠のオルゴール

朝
降りてくる
くるった天使が
りるりるりると
オルゴールの発条を巻いて
去っていく

僕は
いつものように
セピア街のちいさなオフィスにいく
人影のない大通りを渡って

63歳の自画像

とつぜん
おそろしく深い闇に侵食され
ぼくという1つの個体が
しづかに解体していく

そんな夢で
夜3時ごろ
目覚めたりする

終点を失った
たった1人の長距離走者

それが
エックス線透視ふうな
僕の裸像です

ぼくの心は
ぼう漠とした黒板です
しらぬまに書き殴られた
みえない星達の暗黒詩篇を
黙々と読解していくのが

もう１つ
63歳になった
僕の仕事です

ここでは
おそろしくくらい夜と
澄んだサファイヤの青空は
同義語ですが

それが実相として
わかってきたのも
歳だからでしょう

まるいしんぶん

朝
僕は
がんじすの水と呼んでいる
コップ一杯の水を飲む
それから
まるいしんぶんを読む

(泥の聖女が１人で
そっと大地に還っていく)

（Z時
くらい街灯の点った
街は異装だ
泥の聖書を
彼女から奪っていった
擦り切れた皮ジャンパーの大男が
未だねむったことがない
25時の魔都の雑踏深くへ
紛れていった）

（えんぴつ書きの肖像が
不可解な言語で書きなぐられていた
鳥達と
サックスやドラムスの奏者達が
高層ビルの屋上で大げんかしている
7月23日の彼の誕生日の
夜）

すべて
《影の実存》の
ニュースだ

さて
まるいしんぶんを読み終えると
僕の新しい１日が
始まる

行方不明

かれが
突然いなくなったのは
２１世紀に入ってすぐだ
今
なにをしているのか不明だ

「１つの決意として
世界の相対性を拒絶した

金いろの影
あの巨漢の兇賊達が
刻々とノッペラボウの群衆に変わっていく
そんな
くろく塗りつぶされた時層のなかへ
出発した」

かれは
そこで
１つの新しい孤独として存在するのだろう

泥の絵本

夜9時
時計仕掛けの日課が終わる
エレベーターを降り
凍てついた夜景のなかへ降りていく
ポツンと街角の隅で彳んでいる
小さな花屋に
立ち寄る

僕も

花屋の男も
夜生まれの
レアリストなのだろう

――

ここでは
泥の絵本が
読めるのです、と
顎鬚を短く生やした
ふとった男は囁く

例えば
これなぞ
どうでしょう

《太陽王》

――

とつぜん
森からさ迷い出た
木ぐつを履いた小人達が
くろい斧で地平線を絶ち切った

「なぜ
おまえらは
夢見る大地を
目覚めさせてしまったのだ？
もう

ここには戻れない
ここから永久に追放されるのだ」

瞋った太陽王は
真上で止ったまま！

光の洪水！

小人達は
まっくらい
湿った段ボール函のなかへ
逃亡していく

―――

おそろしい出来事が連続する
そんな生き方しかできない
泥にまみれた
むてっぽうな
あの小人達と
僕が
次に遇うのは
絵本の最後のページが終わった
ずっと後のことだ

僕は
小さな血の噴水

ポインセチア
を
1鉢買って
人影が迷える音符のように漂っている
夜の巷間へ
出た

ガルバリウム街

〈僕が
ずっと住んでいる
世界がうらがえされたような
街の
その夜の遠い外れ
仄暗い照明を点している
ふるびた理容店がある〉

うつむいた人影が

ちいさなあたまを
バリカンで刈っている

—

幻想交響曲0番

地平線のうえのピアノを
演奏する
女

くらい光として
追放された
僕

真鍮製の、幼いロマンス
青い沙漠に瞬く、小さな星達
乗り手のいない止ったままの、空中ブランコ
ぴかぴか光る、ぴすとる
梟のためだけの、聖なる森
ブリキの、快速船
砂のない、砂時計

（きっと
忘れられた埃だらけのオモチャ箱から
あらわれるのだろう）

赤茶けた兵士達が

やってきて
ぼくを
壊れた時計〈不可侵の王国〉のなかへ
つれ戻すのだ

★え、い、え、ん、の、こ、ど、も★

うつむいた人影が
ちいさなあたまを
バリカンで刈っている

僕は
くすんだガルバリウム街で

壊れた時計として存在している

僕の出遭った人間達

随分いろんな人間と
眩しく交錯してきた
僕の闇を照明してくれた
僕の思考分裂を救ってくれた
僕と時の輝きを共有した
人間達

みんな
いなくなってしまった――

・計測の魔

かれは死の輪郭を最後に計測した

・逆さま

かれというと
夜の底に吊るされたMワットの裸電球だ
あかくかがやく星アルゴルと密に交信していた、と
今でも想像している

・真昼

あの逆走者は夢の沙漠を逆走した
1人で途切れた地平線を渡って行った

・女

原色詩篇
しらない海
ただ1つの沈黙
黄金の瞬間を孕んで

壊れかけた複写機で
複写され続ける
僕の存在史

スクランブル交差点

波のように
人影が現れる
スクランブル交差点

零れてきた
1人の男が
さまざまな影の群衆が犇めく街かどから

尖塔のような鉛筆ビルに入って行く

尖塔のような鉛筆ビルから出てくる

さまざまな時刻が犇めく異時層へ
1つの孤独が
零れていった

スクランブル交差点
無数の人影が現れる
波のように

断絶の季節

あの若者は
存在者として
存在していなかった
いないのだ
どこにも

不在証明しかない

〈おお

夜の木に逆さまに吊るされた
あわれな者よ！

えぐられた
眼球のデカダンスを
生きよ〉

〈所詮
ホモサピエンスの
１つの結末にすぎないが
逆さまに星の数を数えるのも
１つの答えだ〉

誰もいない休日
壊れたオルガンを弾いていたおまえ

饐えた匂いの漂う場末で
かがやく王国の終末のような
時のなかで
みしらぬ言語を見出した

１９歳
アラユル意味ガ剥奪サレタ

くらい宇宙のどこか一つの
ブラックホールでしかない

僕が
僕であった
とすると

がんじす

ぴかぴか
するする
とっとっとっとっ
るるるんるるるーん
殺られたのは
誰？
誰もいないぞ

よるのうえを
にげていくもの

そいつを
うらがえすと
なんにもない
零だ

零を
うらがえすと
なんという

じかんのむじんぞうだろう
いやいや
ねむれないだけなのだ

そこで
ヒツジの数を数えていると
ヒツジは一匹二匹三匹と
夜の上にえがかれた
くろい牧場から
にげていく

ヒツジは
数えられることから

逃げていく
ヒツジは
ヒツジであることから
逃げていく

ぴかぴか
するする
とっとっとっとっとっ
るるるんるるるーん

あいつは
誰？
誰もいないぞ

つぶれた惑星

こんばんは
マゼランさん
皺くちゃのパナマ帽なぞかぶって
どちらへ？

ちょっとそこまで
ここにいるのも疲れてね
奇妙な名まえの
演奏バーが

そこの四つ辻にできたんで
一杯ひっかけにね

たまには
どこからか
ふと現れてくる
髭づらの大男が奏でる
気ままなサクソフォンでも聴かないと
こんなつぶれかかった生活じゃあ
心も
真っ暗になってしまうぜ

ところで
かぶってきた帽子がなくなった
もう酔っているのかな

おやおや
足もとがふらついていますよ

こっちは
これからかえりです
といっても
うすぐらい街かどを突っ切って
夜の水族館 atlantis にまぎれ込んでいるかもしれません
まったく

ばかげたことですが
神聖なくらいに……
じゃあマゼランさん
さようなら

色彩の言葉 1

例えば
青空は
暗い
政治でいえば
青の王権発動である
恐怖政治だな
無数の死票が齎すもの
青いぴすとるで
毎日誰かが銃殺されるだろう

そ、こ、で

白は
ひそかに署名されたもの
ぼくの試みているささやかな実験メモが
１つの宇宙への発信と仮定すると
その返答だ

黒は
ぼくの心の闇
異次元へ
行方しれず

色彩の言葉2

１９６９年
眩しい光線群が
僕を眩惑した

僕は
黒の広場アゴラで
〈そんな名称の異相が
確かに僕等の時代の暗い凹部に存在したのだ〉
弾劾されたノッペラボーどもを

目撃した

すると
機関銃を持った巨漢達が？　黒の広場アゴラに闖入した
機関銃を持った巨漢達が？　黒の広場アゴラを占領した
機関銃を持った巨漢達が？　黒の広場アゴラを蹂躙した
青い閃光が閃いて
星眼の若者達が連行されていった

１９６９年発の
夥しい光線群が
僕を眩惑しつづける

N《カラット》の夜景

デ　言葉を棄てたテロリスト
ジ　あてどなく彷徨う金髪の少女
タ　２５時の店
ル　暗黒通信
大　デジタル大陸を縦断していく
陸　みしらぬ若者達

まったく
あたらしい

無数の孤独が
乱脈にかがやいている
傷んだ宝石をばらまいたような
夜景

何者カガ
愛スル女ニ
夜ノ沙漠ノ pyramid カラ盗掘シタ
Nカラットノ青イ大キナダイヤモンドヲ
渡シテイル

言語実験

あかるい少年は
寡黙なシステムエンジニアに
なっていた

かれは
ちいさなディスプレイを見つめながら
毎日膨大なデエタを駆使して
むげんに世界を縮小しているが
ふと

ランダムにデエタの一つを検索する
（ゴムボール）

すると
僕達の時間圏から
しずかに消えた

（無人宇宙船）
そんなデエタが
０の次元から出てくる

この２つを光速融合させると
１つの現象が
生まれてくるのだ

〈黒曜石の瞳〉

この現象がなにを表すものなのかは不明だ
ちいさなディスプレイを見続ける
かれの

遥か遠い未来からの
1つの黙示
あるいは
僕達と
原存在との
断絶
としておこう

サクソフォンを演奏するオゾン

僕は
僕の試算表で生きていくでしょう
たとえ、それが負の十字架でもね
愛すべき巨視症のアントレプレナーが
呟いた

彼の知り合いに
ふとした宇宙の気まぐれで
瀕死の状況から蘇生したような

エンジニアがいた
オゾンと呼んでいたが
オゾンのことはよくわからない
にんげんは
人間を横超えていて
よくわからないものなのだ

彼は
仕事が早く終わった
或る金曜の晩
古ぼけたサクソフォンで
僕と
巨視症の友達に

われらの時代の狂詩曲《ラプソディ》を即興演奏してくれた
めまいのするような
煌めきで！

僕は
彼の演奏するサクソフォンで
一つの時代の異様な沸騰を聴く

夜の太陽が
くらくかがやいている
半神的な、半獣的な
響きだぞ

これは

このまま演奏を続けると
暁方になるだろう
それで、僕達は夜の2時で
彼の演奏を終えてもらうことにした

彼が色のくすんだサクソフォンで
僕達のためにこんな演奏をしてくれることは
まったく想像していなかったのだ

今でもオゾンのことはよくわからない

くびれたボトル

地球は
昏い

ばすえに彳む
くすんだ bar だ
くびれたボトルに充ちた
サファイヤの憂鬱

つるつるのジャンバーを着た
男が
しづかにジンの水割を
飲んでいた

やがて
零時をすぎると
ふいに
彼は

〈おや
これは自転が逆にまわっている
めまいがするぞ

この星は
くらい>

そんなふうにつぶやくと
夜の光線になって
立ち去っていった

くびれたボトルが
なくなっている

ふと目覚めると
朝の4時だ

僕は
みたことのない奇妙な夢を見たのだ
みしらぬ星雲から来た
男と
ばすえのbarで
邂逅した
夢を

さ迷える宇宙船

ある夏の
昼下がり

地下鉄のK駅を出る
青空は破局していた
街は
蜃気楼のようだ
古いビルの階段を上って
Jのオフィスに入る

そこで
僕は
初めて会った人たちと
名刺を交換していた

一人の男が近づいてくると
アルフォンスという計測器を作っているので
一度試してほしい、と話しかけてきた

さて、そんな機器を使ってどうするのだろう

異様な暑さで

聞き違いをしていたか？
いや
幻聴かな？
※
私どもは
さ迷える宇宙船のクルーです
ここから
あらたな次元を
探索していくには
ぜったい
「0の暗黒」というものの計測が
必要なのです

ことばは
クルー達の
おそろしいこどくを
ほんの僅かに伝達していくだけですからね

ことばは
な、に、も
測れません

アルフォンスだけです
ここから異次元に出発できる
ただ一つの機会を作りだせるのは

※
と言うと
かれは
しづかに立ち去っていた

細見劉一

〈著者紹介〉
細見劉一（ほそみ りゅういち）
1949年7月23日生まれ。
横浜市立大学卒業後起業し、会社経営の道へ進む。

本書は、２０１０年に小社より刊行した単行本に加筆、修正し文庫化したものです。

星間通信《せいかんつうしん》

2023年４月28日　第１刷発行

著　者　　細見劉一
発行人　　久保田貴幸

発行元　　株式会社 幻冬舎メディアコンサルティング
〒151-0051　東京都渋谷区千駄ヶ谷4-9-7
電話　03-5411-6440（編集）

発売元　　株式会社 幻冬舎
〒151-0051　東京都渋谷区千駄ヶ谷4-9-7
電話　03-5411-6222（営業）

印刷・製本　シナジーコミュニケーションズ株式会社
装　丁　　江草英貴

検印廃止

Printed in Japan
ISBN 978-4-344-92440-6　C0092
幻冬舎メディアコンサルティングＨＰ
https://www.gentosha-mc.com/